Alice au royaume de Cœur

3

QuinRose × Soumei HOSHINO

Alice au royaume de Cœur

3

SOMMAIRE

QUE SE PASSE-T-IL ?
TU ES SÛR QUE TOUT SE DÉROULE COMME PRÉVU...
NIGHTMARE ?

♥12 Adaptation

JE NE PENSAIS PAS QUE TU RE-VIENDRAIS...
TU CROYAIS QUE J'ÉTAIS PARTIE DÉFINI-TIVEMENT ?
POURTANT, JE N'AVAIS RIEN SOUS-ENTENDU DE TEL...
LA NUIT EST TOMBÉE, J'AVAIS SOM-MEIL... ALORS J'AI PRIS LE CHEMIN DU RETOUR !
HMM...
TU N'AS PAS FROID AUX YEUX !
BREF...
TU VEUX BIEN ME PRÉPARER UNE TASSE DE CAFÉ AVANT D'ALLER TE COUCHER ?
BIEN SÛR !

BON, NOUS VOUS LA CONFIONS...
MONSIEUR MONREY...
AU REVOIR !
FLOP ペコ
パタン BLAM
HMM...
MÊME EN PLEINE NUIT, LES CLIENTS SE BOUSCULENT À TA PORTE !

TU ES ENCORE DEBOUT ?
DIS-MOI...
MAIS C'EST TOI QUI M'AS DEMANDÉ UN CAFÉ !
TU VEUX BIEN ENFILER QUELQUE CHOSE PAR-DESSUS TA CHEMISE DE NUIT ?
C'EST UN PEU LÉGER, COMME TENUE !!
QU'EST-CE QUI TE PREND ?
J'AI TOUJOURS PORTÉ CE PYJAMA, ET C'EST BIEN LA PREMIÈRE FOIS QUE ÇA TE GÊNE !
PRENDS PLUTÔT...
TA TASSE...
AVANT QUE ÇA REFROIDISSE !

TAC
カチャ
TAC
カチャ
EH BIEN...
TU ES VRAIMENT UN BOURREAU DE TRAVAIL !
TU N'AS PAS SOMMEIL ?
ÇA N'A RIEN DE PASSIONNANT DE ME REGARDER REMETTRE DES MONTRES EN MARCHE...
MAIS SI !
ON DIRAIT UN MAGICIEN ! JE NE ME LASSE PAS DE T'OBSERVER...
SILENCE
JE CROIS QUE JE NE T'AI JAMAIS VU TE REPOSER, DEPUIS QUE JE SUIS LÀ...

EN REVANCHE, JE N'AI PU M'EMPÊCHER DE REMARQUER...
L'EXPRESSION DE TRISTESSE QUI SE LIT SUR TON VISAGE À CHAQUE FOIS QU'UN CLIENT VIENT T'APPORTER UNE MONTRE...
ÇA TE FAIT DE LA PEINE DE LES VOIR CASSÉES ?
FORCÉMENT !
JE PASSE MON TEMPS À LES RÉPARER, ET ELLES ME REVIENNENT TOUJOURS DANS UN SALE ÉTAT...
DANS CE MONDE, PERSONNE N'EN PREND SOIN !
COMME IL N'Y A QU'UN SEUL HORLOGER, EN L'OCCURRENCE MOI...
C'EST TOUJOURS À MOI QU'ON LES APPORTE...

VOILÀ POURQUOI J'AI AUTANT DE CLIENTS...
MÊME SI JE LES TRAITE DE FAÇON PEU AMÈNE OU QUE JE FAIS LA GRIMACE DEVANT LEURS MONTRES, ILS NE PEUVENT PAS ALLER VOIR AILLEURS !
PFF...
MA RÉPUTATION DE CROQUE-MORT LES POUSSE À ME FRÉQUENTER LE MOINS POSSIBLE...
MAIS CE TRAVAIL ME CORRESPOND BIEN, À MOI QUI SUIS PLUTÔT SINISTRE !
...
C'EST VRAI...
TU N'ES PAS FRANCHEMENT UN GAI LURON...
FLOP
TU ES SI SOMBRE QUE DES CHAMPIGNONS POURRAIENT POUSSER SUR TA TÊTE...
MAIS MOI...

JE T'ASSOCIE PLUTÔT À UN DIEU !
PARDON ?
QU'EST-CE QUE TU RACONTES ?!
A-T-ON DÉJÀ VU UN DIEU COMME MOI ?!
C'EST VRAI QUE ...
CE SERAIT DIFFICILE D'AVOIR FOI EN TOI, AVEC TON AIR DÉSA-GRÉABLE !
MAIS TU RÉPARES LES MONTRES AVEC UNE PRÉCISION DIVINE...
TU ES TRÈS HABILE ET RAPIDE !
TU EN AS VU PASSER, DES MONTRES BRISÉES QUI ONT REÇU UNE NOUVELLE VIE DE TES MAINS...
SI LES GENS DE CE PAYS PEUVENT RESSUSCITER, C'EST GRÂCE À TOI !

TU VEUX DIRE QUE MON TRAVAIL NE TE FAIT PAS PEUR ?
CE N'EST PAS POUR ÇA QUE TU T'ES ENFUIE, TOUT À L'HEURE ?
PAS DU TOUT !
J'ÉTAIS JUSTE UN PEU TROU-BLÉE À CAUSE DES SILHOUET-TES FANTÔMES ET DU TIC-TAC DE TOUTES TES MONTRES...
LES GENS D'ICI SORTENT TOU-JOURS LEURS ARMES DE NULLE PART, COMME PAR MAGIE...
MAIS MOI, J'ADMIRE MILLE FOIS PLUS TON TALENT D'ILLU-SIONNISTE QUE LEURS PETITS TOURS DE PASSE-PASSE QUI NE SERVENT QUE LA VIOLENCE !

MAINTENANT QUE JE SAIS EN QUOI CONSISTE TA TÂCHE, J'AI ENCORE PLUS ENVIE DE T'AIDER !
CLAC
JE NE TE COMPRENDS PAS BIEN, MAIS...
À TA GUISE !
81 POINTS !
HEIN ?
C'EST LA NOTE POUR TON CAFÉ.
J'ATTENDS ENCORE MIEUX LA PROCHAINE FOIS !

D'ACCORD !
J'ATTEINDRAI LES 100 POINTS, TU VERRAS !
ON DIRAIT BIEN...
QUE TA BIEN-AIMÉE S'ADAPTE DE PLUS EN PLUS À NOTRE MONDE...

VRAIMENT ?
TU EN ES SÛR ?
OUI...
ALICE A ACCEPTÉ L'EXISTENCE DES MONTRES SANS ÉPROUVER AUCUNE RÉPULSION...
LENTEMENT...
MAIS SÛREMENT, ELLE S'HABITUE À NOS RÈGLES !
ELLE FINIRA BIEN PAR OUBLIER COMPLÈTEMENT LE MONDE D'OÙ ELLE VIENT ET SON DÉSIR DE RENTRER CHEZ ELLE...
TRÈS BIEN !
ET SINON...

QUAND VA-T-ELLE S'ÉPRENDRE DE MOI ?
VA SAVOIR !
HA HA HA !
JE N'EN AI PAS LA MOINDRE IDÉE !
MAIS... NE DISAIS-TU PAS QUE LE SIMPLE FAIT D'APPARTENIR AU MÊME UNIVERS QU'ELLE TE SUFFISAIT...
MON CHER PETER ?
TU EN VEUX DAVANTAGE, À PRÉSENT ?
TU RÉCLAMES SON CŒUR ?
ARRÊTE DE LIRE DANS MES PENSÉES !
HÉ HÉ, JE N'Y PEUX RIEN...
JE SUIS LE DÉMON DES CAUCHEMARS !
ALICE !
À VRAI DIRE, JE N'ÉTAIS JAMAIS TOMBÉ AMOUREUX AVANT, ET JE NE SAIS PAS COMMENT RÉAGIR...
SA SEULE VUE ME COMBLE DE JOIE... J'AIMERAIS TANT QUE CE SOIT RÉCIPROQUE !
TU M'AS TELLEMENT MANQUÉ, MA DOUCE ALICE !!

HÉLAS, J'AI L'IMPRESSION...
QUE ÇA NE FAIT QUE L'ÉLOIGNER DAVANTAGE !
DANS CE CAS, ET SI TU ESSAYAIS D'INVERSER LA TENDANCE ?
TES PREUVES D'AFFECTION SONT UN PEU DÉROUTANTES...
POURQUOI DEVRAIS-JE FAIRE DES EFFORTS POUR LUI PLAIRE ?
NORMALEMENT...
ELLE ÉTAIT CENSÉE M'AIMER DÈS LE DÉPART !

C'EST POUR CETTE RAISON...
QUE J'AI PU L'EMMENER DANS NOTRE MONDE !
PAS VRAI ?!
J'AIMERAIS VRAIMENT...
QU'ELLE PRENNE CONSCIENCE DE SES VÉRI-TABLES SEN-TIMENTS !
ÉPINEUX PROBLÈME QUE VOILÀ ...
PEUT-ÊTRE QU'ELLE EST AMOUREUSE DE TOI SANS T'APPRÉCIER POUR AUTANT ...
MAIS TU NE PEUX PAS LE LUI DIRE...
ÇA RISQUE-RAIT DE LA POUSSER À RENTRER CHEZ ELLE !

TOUT DÉPEND DE TON ATTITUDE...
IL FAUT QU'ELLE DÉVELOPPE POUR TOI UN AMOUR SINCÈRE...
C'EST TOUT CE QUE JE PEUX TE DONNER COMME CONSEIL...
JE N'AI PAS LE POUVOIR D'INFLUENCER LES SENTIMENTS D'ALICE !

ALICE !
QUOI QU'IL EN SOIT...
JE NE TOMBERAI JAMAIS AMOUREUSE DE TOI...
...
TAP
ばっ

OH...
ALICE ?!
ARGH...
PETER ?!
ALICE !
BOING
AAAAH !

TOUT DÉPEND DE TON ATTITUDE...
AH !
ぴたっ
TAP
TIENS ... QU'EST-CE QUI LUI ARRIVE ?
...
じぃ〜っ
QU... QUOI, ENCORE ?!

RIEN À FAIRE, JE NE PEUX PAS M'EN EMPÊCHER !
POF
HUMPH !
FLOP
(AAAH !)
FLOP
TU SAIS, ALICE...
JE T'AIME DE TOUT MON CŒUR !!
ARRÊTE... LÂCHE-MOI !
JE T'AI DÉJÀ DIT QUE JE NE PARTAGEAIS PAS TES SENTI-MENTS !

DANS CE CAS...
CRR
QUE DOIS-JE FAIRE ?
COMMENT FAIRE POUR QUE TU M'AIMES ENFIN ?
ÉTRANGE...
IL N'EST PAS COMME D'HABITUDE...

DIS-LE-MOI, JE T'EN PRIE !
FRANCHEMENT, JE N'EN SAIS RIEN...
JE NE PENSE PAS QUE ÇA ARRIVE UN JOUR...
IMPOSSIBLE !!
TU DEVRAIS POURTANT !
...
CRR
PETER ?!

ÇA SUFFIT !
LÂCHE-MOI !!
FLAP
COMMENT ÇA...
JE DEVRAIS ?
FUIT
SNIF...
TING !!
HMM...
EN FAIT...
JE SERAIS PRÊTE À RE-CONSIDÉRER LA QUESTION SI TU ÉTAIS UN PEU PLUS MIGNON ET RÉSERVÉ...
MIGNON ?
PAS DE PROBLÈME !

SHHH
?!
ÇA ALORS !
ET COMME ÇA, JE TE PLAIS ?
IL S'EST TRANSFORMÉ EN LAPIN ?!

♥13 Doubt

COMMENT TU ME TROUVES ?
TU ME PRÉFÈRES SOUS CETTE APPARENCE ?
JE SUIS PLUS MIGNON ?
PETER, C'EST BIEN TOI ?!

SI JE COMPRENDS BIEN...
L'ANIMAL QUI EST APPARU DANS MON JARDIN, C'ÉTAIT TOI ?
EN EFFET !
TU N'AVAIS PAS FAIT LE RAPPROCHEMENT ?
JE SUIS UN LAPIN, TU SAIS... NORMAL QUE JE PUISSE PRENDRE CETTE FORME !
TU RESSEMBLES SI PEU À UN LAPIN, D'HABITUDE...
FACILE À DIRE !
ON N'AVAIT JAMAIS EU L'OCCASION DE PARLER DE ÇA, JUSQU'À PRÉSENT... IL NE M'EST PAS VENU À L'IDÉE QUE TU PUISSES ÊTRE CE PETIT LAPIN !
SI TU M'AVAIS DIT PLUS TÔT QUE TU PRÉFÉRAIS CE QUI ÉTAIT MIGNON...
JE ME SERAIS MÉTAMORPHOSÉ TOUT DE SUITE !
D'AILLEURS...
JE TE TROUVE UN PEU PRÉTENTIEUX DE T'AUTO-PROCLAMER MIGNON !
AH BON ?
MAIS JE LE SUIS, POURTANT, NON ?

C'EST VRAI QUE TU ES BIEN MIEUX QUE SOUS TA FORME HUMAINE...
MAIS TU T'ADAPTES À MES CRITIQUES SANS BRONCHER... TU N'AS AUCUNE FIERTÉ, OU QUOI ?
POURQUOI ME PRÉOCCUPERAIS-JE DE MA FIERTÉ ?
À MES YEUX, ÊTRE AIMÉ DE TOI EST LA SEULE CHOSE QUI COMPTE, VOYONS !
JE SUIS PRÊT À ME TRANSFORMER AUSSI SOUVENT QU'IL TE PLAIRA...
JE FERAIS N'IMPORTE QUOI POUR GAGNER TON CŒUR !

OH...
INCROYA-BLE...
EN TEMPS NORMAL, JE N'AURAIS RES-SENTI QUE DU DÉGOÛT À SON ÉGARD...
ALICE...
QUE PUIS-JE FAIRE POUR T'ÊTRE AGRÉABLE ?
JE SAIS !
TU VEUX CARESSER MA FOUR-RURE ?
HOP
ぴょこ
POM
HEIN ?!
ELLE EST TRÈS DOUCE, PAS COMME CELLE D'UN VULGAIRE LIÈ-VRE SAUVAGE OU D'UN CHAT DE GOUT-TIÈRE !

VAS-Y !
TU PEUX ME CARESSER, ÇA NE ME DÉRANGE PAS !
ずいっ
FUIT
...
そおっ…
FSSH
FLOP
ふわっ
EUH...
A...
ALICE ?!

MAIS QU'EST-CE QUE JE FABRIQUE ?
CE LAPIN N'EST AUTRE QUE PETER, JE LE SAIS BIEN !
ET MALGRÉ TOUT...
IL EST TOUT PETIT ET TOUT MOELLEUX...
QUELLE ADORABLE BESTIOLE !
ON DIRAIT UNE PELUCHE...

...
TU M'AS PRIS DANS TES BRAS...
C'EST MERVEILLEUX !
SNIF...
J'EN PLEURE DE JOIE !
ALICE ...
JE RESTERAI TOUT LE TEMPS SOUS CETTE FORME, SI TU VEUX !
ALORS ...
S'IL TE PLAÎT...
VIENS HABITER AU CHÂTEAU DE CŒUR AVEC MOI !

PLUS ON SERA PRÈS L'UN DE L'AUTRE, MIEUX CE SERA !
TU NE CROIS PAS ?
JE SUIS SÛR QUE TOUT S'AR-RANGERA !
?
DE QUOI TU PARLES ?
JE NE COMPRENDS TOUJOURS RIEN À CE QU'IL RACONTE...
DANS LE FOND, IL N'A PAS CHANGÉ...
MAIS...
HI HI !
ALLEZ, ON VA AU PALAIS !
BOBOM

LA REINE A ENVIE DE TE REVOIR, ELLE AUSSI...
ELLE T'AUTORISERA SÛREMENT À LOGER CHEZ NOUS !
VIVALDI...
DIS...
J'AI UNE QUESTION À TE POSER !
QUOI DONC ?
L'AUTRE JOUR, J'AI VU VIVALDI CHEZ LE CHAPELIER !
ON M'A RACONTÉ QUE C'ÉTAIENT DES ENNEMIS JURÉS...
ALORS QU'EN FAIT, ILS ONT L'AIR DE BIEN S'ENTENDRE...

LA REINE ? CHEZ LE CHAPELIER ?
C'EST ABSOLUMENT IMPENSABLE !
TU AS DÛ CONFONDRE !
COMME TU VIENS DE LE DIRE, LE CHÂTEAU DE CŒUR ET LA CHAPELLERIE SONT RIVAUX...
IL ARRIVE QU'ILS SE RENCONTRENT POUR NÉGOCIATIONS...
MAIS LA REINE NE SE DÉPLACE JAMAIS ELLE-MÊME !
SI SA MAJESTÉ ET BLOOD DUPRÉ SE RETROUVAIENT FACE À FACE, C'EST SÛR QU'ILS SE METTRAIENT À S'ENTRETUER SUR-LE-CHAMP...
JE T'ASSURE, CES DEUX-LÀ NE PEUVENT PAS ÊTRE AMIS !
AH BON...

J'ÉTAIS SÛRE D'AVOIR RECONNU VIVALDI, POURTANT...
DANS CE CAS, TU N'AS QU'À POSER LA QUESTION À LA REINE, COMME ÇA TU SERAS FIXÉE !
!
ALLEZ, EN ROUTE POUR LE CHÂTEAU !
POURQUOI PAS ?
NÉANMOINS, JE PRÉFÈRE TE PRÉVENIR, PETER...
JE N'AI PAS L'INTENTION DE DÉMÉNAGER... DÉSOLÉE !
MAIS POURQUOI ?!
PARCE QUE JE VEUX AIDER JULIUS DANS SON TRAVAIL...
JE NE PEUX PAS LE LAISSER TOMBER ALORS QUE JE LUI AI PROPOSÉ MES SERVICES !

FRSH
D'AILLEURS, JE VIENS DE LUI ACHETER DES PIÈCES DE RECHANGE, JUSTEMENT !
JE DOIS RENTRER LES LUI DONNER...
SNIF...
...
OH...
BON...
SI TU ACCEPTES DE TE TRANS-FORMER EN PETIT LAPIN POUR MOI, JE TE PROMETS QUE J'IRAI TE VOIR AU CHÂTEAU !

TU VEUX BIEN ME RENDRE VISITE... À MOI ?
OUI !
MARCHÉ CONCLU !
JE T'ATTEN-DRAI !

TU AS DÛ CONFONDRE !
JE SUIS SÛRE DE CE QUE J'AI VU...
IL S'AGISSAIT BIEN DE VIVALDI !

ELLE AURAIT SECRÈTEMENT FAIT LE DÉPLACEMENT ALORS QUE D'HABITUDE ELLE ENVOIE TOUJOURS QUELQU'UN À SA PLACE ?
HMM... LES REGARDS QU'ILS SE LANÇAIENT N'AVAIENT RIEN À VOIR AVEC CEUX QUE SE LANCENT DEUX ENNEMIS MORTELS...
...
ET S'ILS ÉTAIENT...
EH !
AH !
JE TE PARLE, ALICE !
TU ES DANS LA LUNE, DEPUIS TOUT À L'HEURE...
PARDON, J'ÉTAIS PERDUE DANS MES PENSÉES...
TU DISAIS ?
QUE TES VÊTEMENTS ÉTAIENT PLEIN DE POILS !
QU...
QUOI ?!
MAIS C'EST VRAI !
ÇA, C'EST À CAUSE DE PETER...
J'AI CROISÉ UN ADORABLE PETIT ANIMAL SUR LE CHEMIN, ET JE N'AI PAS PU RÉSISTER À L'ENVIE DE LE SERRER CONTRE MOI !
AH, C'EST POUR ÇA QUE TU T'ES ATTARDÉE...
JE ME DISAIS BIEN QUE TU EN METTAIS, DU TEMPS, POUR QUELQUES COURSES...

TU AVAIS BESOIN DE CES PIÈCES EN URGENCE...
DÉSOLÉE D'AVOIR ÉTÉ SI LONGUE !
NE T'EX-CUSE PAS...
GRÂCE À TOI, J'AI PU FINIR TOUTES MES RÉPARATIONS EN COURS !
JE VAIS MÊME M'ACCORDER UNE PAUSE !
MERCI POUR TON AIDE...
RAVIE D'AVOIR PU T'ÊTRE UTILE, FINA-LEMENT !
OUI, ENFIN... PLUS OU MOINS...
ÇA FAIT UN MOMENT QUE TU NE T'ES PAS REPO-SÉE, TOI NON PLUS...
JE N'AI PLUS DE TRAVAIL À TE CONFIER, TU PEUX SOUFFLER UN PEU !
D'ACCORD...
MERCI !

VOYONS ...
J'AI DÉJÀ LU TOUS LES LIVRES DE CETTE BIBLIOTHÈQUE...
HMM...
DE TOUTE FAÇON, LA PLUPART TRAITENT DE LA RÉPARATION DES MONTRES, IL Y EN A TRÈS PEU QUI M'INTÉRESSENT...
DEPUIS QUE JE SUIS ARRIVÉE DANS CE MONDE, J'AI PASSÉ MON TEMPS À COURIR À DROITE ET À GAUCHE... DU COUP, JE NE SAIS PAS COMMENT OCCUPER MON TEMPS LIBRE !
LÀ D'OÙ JE VIENS, QU'EST-CE QUE JE FAISAIS PENDANT MES MOMENTS DE LOISIR ?
LE DIMANCHE, QUAND LE SOLEIL ÉTAIT AU RENDEZ-VOUS...
J'AVAIS COUTUME DE LIRE...

JE SORTAIS DANS LE JARDIN AVEC UN PLATEAU DE THÉ ET UN BON LIVRE...
ET JE PROFITAIS DE LA DOUCEUR DE L'APRÈS-MIDI AVEC MA SŒUR...
C'ÉTAIT MON MOMENT PRÉFÉRÉ DE LA JOURNÉE !
J'AI L'IMPRESSION QUE ÇA FAIT UNE ÉTERNITÉ QUE JE N'AI PAS REVU LORINA... DEPUIS QUE JE SUIS ENGLUÉE DANS CE RÊVE, EN FAIT !
J'ESPÈRE QU'ELLE VA BIEN...
BOBOM

BOBOM
BOBOM
BOBOM
TILT
LORINA ?
MAIS...
TIENS ?
FLOP
QU'EST-CE QU...
CRR'
MON CŒUR SE SERRE... J'AI MAL...
CLAC
!

QUELQUE CHOSE NE VA PAS ?!
ALICE !
HAN
NON, PAS ENCORE...
LE MOMENT...
N'EST PAS ENCORE VENU...
OUBLIE-LA... CONCENTRE-TOI SUR TON RÊVE !
HAN

TIENS BON !
...
HAN
FUIT
ÇA ALORS ...
MA DOULEUR A DISPARU D'UN SEUL COUP !
PLOP
QU...
À QUOI ÉTAIS-JE EN TRAIN DE PENSER ?
HMM...

AH OUI !
JE CHERCHAIS UN LIVRE À LIRE...
J'ÉTAIS EN TRAIN DE ME DIRE QUE J'AVAIS DÉJÀ PARCOURU TOUS LES TIENS...
ET SI J'ALLAIS EN EMPRUNTER UN À BLOOD ?
MÊME SI...
QU'Y A-T-IL ? TU TE SENS DE NOUVEAU MAL ?
NON, PAS DU TOUT...
ÇA VA MIEUX, NE T'INQUIÈTE PAS !
JE PENSAIS JUSTE À BLOOD...
ZUT !
C'EST SORTI TOUT SEUL...
BLOOD... DUPRÉ ?

OUI, IL PARAÎT QU'IL A UNE BIBLIOTHÈQUE BIEN FOURNIE, JE VAIS ALLER LUI EMPRUNTER UN OUVRAGE !
JE RENTRERAI À TEMPS POUR T'AIDER À TRAITER TA PROCHAINE COMMANDE !
À PLUS TARD !
ME VOILÀ AU PIED DU MUR...

REGARDE, ON DIRAIT ALICE !
EN EFFET, C'EST BIEN ELLE !
BONJOUR, VOUS DEUX !
C'EST GENTIL DE PASSER NOUS VOIR !
GLOUPS
MAIS...
QU...
QU'EST-CE QUI VOUS EST ARRIVÉ ?!
VOUS ÊTES COUVERTS DE SANG !
AH, ÇA ?
ON EST ALLÉS FAIRE UN PETIT TOUR EN VILLE ET ON EN A PROFITÉ POUR JOUER UN PEU AVEC LES SOLDATS DU CHÂTEAU !
PAS VRAI, FRANGIN ?
TOUT À FAIT !
DU COUP, NOTRE PETITE PAUSE A FILÉ COMME L'ÉCLAIR !

JUSTE UNE QUESTION...
QUAND VOUS "JOUEZ", COMME VOUS LE DITES...
VOUS VOUS SERVEZ DE VOS HALLEBARDES ET DE PISTOLETS, C'EST ÇA ?
HÉ HÉ !
ÉVIDEMMENT !
PUISQU'ON JOUE À S'ENTRETUER !
ARGH...
CETTE FOLIE TOUCHE TOUT LE MONDE, MÊME LES ENFANTS...
HA HA HA...
JE VOIS, C'EST LE MÊME JEU QUE BORIS ...
BORIS ?
TU L'AS VU, RÉCEMMENT ?
OUI, IL M'A INVITÉE CHEZ LUI...
IL AVAIT BESOIN DE SOINS...
AH, C'EST PAS JUSTE ! IL N'Y EN A QUE POUR LUI !

EN RÉALITÉ, JE SUIS D'ABORD PASSÉE AU MANOIR...
SAUF QUE VOUS N'ÉTIEZ PAS LÀ...
QUOI ?!
ARGH!
TU AURAIS PU NOUS PRÉVENIR !
JE VOULAIS EMPRUNTER UN LIVRE À BLOOD, MAIS IL ÉTAIT ABSENT...
ET AUJOURD'HUI, QU'EN EST-IL ?
HÉLAS...
LE BOSS EST PARTI TRAITER UNE AFFAIRE AVEC LE LAPINOU !
AH BON...
JE N'ARRIVE JAMAIS À LE VOIR, DÉCIDÉMENT !
SI TU VEUX...
TU PEUX L'ATTENDRE DANS NOTRE CHAMBRE !
IL A DIT QU'IL N'EN AVAIT PAS POUR LONGTEMPS, ALORS IL SERA BIENTÔT DE RETOUR !
FRR

JE PEUX ?
DANS CE CAS, VOLONTIERS !
J'AI ENCORE DU TEMPS DEVANT MOI.
DÉPÊCHE-TOI !
ON VA TE MONTRER TOUS NOS TRÉSORS !
AH OUI ? QUOI, PAR EXEMPLE ?
AU FAIT...

C'EST DERRIÈRE CE PETIT BOIS...
QUE SE TROUVE LA ROSERAIE OÙ J'AI VU BLOOD ET VIVALDI !
DEE !
DUM !
VOUS ÊTES DÉJÀ ALLÉS DE L'AUTRE CÔTÉ DE CETTE FORÊT ?
C'EST TOUJOURS LE TERRITOIRE DU CHAPELIER, NON ?
JE ME DEMANDE CE QU'IL PEUT BIEN Y AVOIR LÀ-BAS...
AH, ÇA... AUCUNE IDÉE !
LE BOSS NOUS A FORMELLEMENT INTERDIT D'Y METTRE LES PIEDS !
NOUS AUSSI, ÇA ATTISE NOTRE CURIOSITÉ...
MAIS COMME IL A MENACÉ DE RÉDUIRE NOTRE SALAIRE S'IL NOUS SURPRENAIT DANS LE COIN, ON SE TIENT À L'ÉCART !
TOUS LES EMPLOYÉS, MÊME LE LAPINOU, ONT POUR CONSIGNE DE NE PAS S'EN APPROCHER !
JE TE DÉCONSEILLE D'Y ALLER, LE BOSS N'AIME PAS QU'ON TRANSGRESSE SES ORDRES...
C'EST DÉJÀ FAIT, MAIS BON ...
ALORS COMME ÇA, MÊME SON BRAS DROIT S'EST VU REFUSER L'ACCÈS À CETTE ZONE...

C'EST SÛREMENT POUR QUE VIVALDI ET LUI PUISSENT SE RETROUVER SEULS TOUS LES DEUX...
C'EST BIEN CE QUE JE PENSAIS, ILS SONT...
TADAM !!
VOILÀ NOTRE CHAMBRE !

VAS-Y, ASSIEDS-TOI !
ON VA SE CHANGER, ON EN A POUR UNE MINUTE !
...
ギラッ
CLING
C'EST UNE VRAIE ARMURERIE, ICI...
LEUR COLLECTION N'A RIEN À ENVIER À CELLE DE BORIS...
TOC
ドンッ
JE ME DEMANDE OÙ SONT LEURS TRÉSORS...
J'ESPÈRE QUE CE SONT DE JOLIES CHOSES !

ET VOILÀ !
CE SONT NOS TRÉSORS !
FLAP
ÇA N'A RIEN...
DE JOLI...
REGARDE !
ELLE EST MAGNIFIQUE, CETTE HACHE, TU NE TROUVES PAS ?
ET CETTE GRENADE ! UNE VRAIE MERVEILLE, PAS VRAI ?!

ALORS, TU L'AIMES, MA BELLE HACHE ?
ALORS, TU L'AIMES, MA SUPERBE GRENADE ?
HEIN ?
TING
DIS DONC, FRANGIN ...
JE SUIS SÛRE QU'ELLE PRÉFÈRE MA HACHE !
TU RÊVES, C'EST FORCÉMENT MA HACHE !
PAS DU TOUT ! C'EST MA GRENADE !
NON, FRÉROT ...
ELLE PRÉFÈRE MA GRENADE, C'EST CERTAIN !
BON, ON VA S'ENTRETUER POUR SE METTRE D'ACCORD !
CELUI QUI MEURT A PERDU !
ATTENDEZ UN PEU !!
POURQUOI FAUT-IL TOUJOURS QUE LES CHOSES TOURNENT MAL ?!

JE N'AIME NI L'UNE NI L'AUTRE !
HEIIIN ?!
MAIS ALORS, NOUS NON PLUS...
TU NE NOUS AIMES PAS ?
SNIF...
PAS LA PEINE DE VOUS DISPUTER POUR ÇA !
IL NE FAUT PAS RÉA-GIR AINSI, VOYONS...
JE VOUS AIME BEAU-COUP TOUS LES DEUX !
FLAP
C'EST VRAI ?!
OUAH !
NOUS AUSSI, ON T'ADORE !
TRÈS, TRÈS FORT ! ♡
CRRR
ILS SONT CHOU, QUAND ILS VEULENT...
HI HI...

JE SAIS !
ON VA LUI MONTRER NOTRE TRÉSOR SECRET, PUISQU'ON L'AIME BEAUCOUP !
BONNE IDÉE !
JE SUIS D'ACCORD !
QUOI ?
UN TRÉSOR SECRET ?
C'EST ÇA QUE VOUS VOULIEZ ME MONTRER ?
OUI !
C'EST UNE NOUVELLE ACQUISI-TION !
TU AS VU CETTE LAME ?
UN VRAI BIJOU...
ELLE SCIN-TILLE...
HA HA HA HA HA...
J'AI DU MAL À COMPRENDRE LEUR PASSION POUR LES ARMES...

TU SAIS QUOI ?
ON T'AIME TELLE-MENT...
QU'ON VA TE FAIRE GOÛTER AU TRANCHANT DE CE POIGNARD !
D'ACCORD ?
PARDON ?
PAR PITIÉ...
CRR
DITES-MOI...
QU'IL S'AGIT D'UNE PLAISAN-TERIE !

CLAC
ガチャッ
OUF…
JUSTE À TEMPS !
TU L'AS ÉCHAPPÉ BELLE !
ELLIOT !
DÈS QUE J'AI SU QUE LES JUMEAUX T'AVAIENT EMMENÉE DANS LEUR CHAMBRE, JE ME SUIS PRÉCIPITÉ !
HEUREUSEMENT, TU ES SAINE ET SAUVE !

AH LÀ LÀ...
CES DEUX CHENAPANS SONT VRAIMENT INCORRIGIBLES !
VOUS ÊTIEZ ENCORE EN TRAIN D'EMBÊTER LA DEMOISELLE ?
BLOOD...

MES GARDES NE CESSENT DE ME CRÉER DES ENNUIS...
ARRÊTEZ DE TOURMENTER NOTRE INVITÉE, COMPRIS ?!
ON NE FAISAIT RIEN DE MAL !
C'EST VRAI !
ON S'AMUSAIT GENTIMENT !
SILENCE !
ON SAIT TOUS COMMENT ÇA FINIT, QUAND VOUS VOUS "AMUSEZ" AVEC QUELQU'UN !!
QU'EST-CE QUE TU INSINUES ...
GRR...
SALE LAPINOU ?!
GRR...
...

♥14 Disjointing Flower

J'AI APPRIS QUE LA DERNIÈRE FOIS, TU ÉTAIS REPARTIE LES MAINS VIDES PARCE QUE JE N'ÉTAIS PAS LÀ...
C'EST NORMAL, J'ÉTAIS VENUE SANS PRÉVENIR...
IL ME RESTE DU TRAVAIL À FAIRE...
CLAC
ガチャ
MAIS JE T'EN PRIE, INSTALLE-TOI ET LIS TOUT CE QUE TU VEUX !
APPORTEZ DU THÉ ET DES GÂTEAUX DANS MON BUREAU !
FLOP
TOUT DE SUITE !

FUIT
UNE MONTAGNE DE PAPERASSE...
QUI AURAIT CRU QUE LE CHEF DE LA MAFIA FAISAIT AUSSI DU TRAVAIL DE BUREAU ?

EUH...
EST-CE QUE MA PRÉSENCE VOUS GÊNE ?
JE NE VEUX SURTOUT PAS VOUS IMPORTUNER !
JE VAIS ALLER LIRE DANS UNE AUTRE PIÈCE...
NON, ÇA VA...
NE FAIS PAS ATTENTION À MOI !
MAIS...
TU NE ME DÉRANGES PAS LE MOINS DU MONDE, TU PEUX RESTER ICI...
... D'ACCORD...
EUH...
IL ME PARLE SUR UN TON COURTOIS, MAIS J'AI L'IMPRESSION QU'IL ME DONNE DES ORDRES...
CE N'EST PAS LA PREMIÈRE FOIS QUE ÇA ME FAIT CET EFFET !

SUR CE POINT, IL NE LUI RESSEMBLE PAS DU TOUT...
IL ÉTAIT BIEN MOINS INTIMIDANT ET BEAUCOUP PLUS GENTIL !
MAIS TOUT DE MÊME...
LEURS TRAITS SONT TELLEMENT SEMBLABLES QUE C'EN EST EFFRAYANT !

ALICE...
EUH...
OUI ?
HÉ HÉ...
TU VAS FINIR PAR ME FAIRE UN TROU DANS LE VISAGE À FORCE DE M'EXAMINER...
OH, PARDON !
FSSH
JE N'AVAIS PAS REMARQUÉ QUE JE VOUS FIXAIS !
ET POURTANT...
NAVRÉE DE VOUS AVOIR DÉCONCENTRÉ...
IL N'Y A PAS DE MAL !
SHH
BOBOM

TU ÉTAIS ENCORE EN TRAIN DE PENSER À TON ANCIEN FIANCÉ ?
QU...
J'AI VU JUSTE, SEMBLE-T-IL !
PLUTÔT QUE DE ME FAIRE LA CONVERSATION, NE FERIEZ-VOUS PAS MIEUX DE CONTINUER À TRAVAILLER ?!
J'EN AI ASSEZ ...
JE PRÉFÈRE DISCUTER AVEC TOI !

JE LUI RESSEMBLE À CE POINT-LÀ ?
DE VISAGE SEULEMENT...
PAS DE CARACTÈRE !
TANT MIEUX !
JE TIENS À RESTER UNIQUE...
TOUT DE MÊME, TU ES BIEN ÉTRANGE !
ÇA N'A PAS L'AIR DE TE POSER PROBLÈME D'ALLER ET VENIR DANS LES LOCAUX DE LA MAFIA...
À MOINS QUE CE NE SOIT UNE RÉACTION NORMALE, DANS TON MONDE ?

J'AI BIEN PEUR QUE NON...
HMM..
J'AI UN PEU PERDU LE SENS DES RÉALITÉS, DEPUIS QUE J'AI ATTERRI ICI...
D'UN AUTRE CÔTÉ, LES TERRITOIRES SONT TOUS AUSSI DANGEREUX LES UNS QUE LES AUTRES...
OÙ QUE J'AILLE, JE RISQUE LA MÊME CHOSE !
TU ES VRAIMENT IMPERTURBABLE...
ENFIN, LES HABITANTS DE NOTRE PAYS ONT TOUS UN FAIBLE POUR LES ÉTRANGÈRES...
ILS Y RÉFLÉCHIRONT À DEUX FOIS AVANT DE TE TUER !
AVEZ-VOUS DÉJÀ RENCONTRÉ D'AUTRES ÉTRANGERS ?

NON, TU ES LA PREMIÈRE !
DU MOINS JE CROIS...
LES ÉTRANGERS SONT EXTRÊMEMENT RARES !
IL ME SEMBLE QUE SEULS LES ACTEURS SONT CAPABLES DE LES RECONNAÎTRE...
JE N'EN SAIS PAS PLUS !
EN FAIT, TU ES LA PREMIÈRE POUR QUI J'AI EU CETTE CERTITUDE...
C'EST POURQUOI JE TE CONSIDÈRE COMME UNE CURIOSITÉ...
À CHAQUE FOIS QUE JE TE RENCONTRE, TU T'ES UN PEU MIEUX ADAPTÉE À NOTRE MONDE...
QU'AS-TU FAIT, CES DERNIERS TEMPS ?

EH BIEN...
EN CE MOMENT ...
J'AIDE JULIUS DANS SON TRAVAIL...
L'HORLOGER ?
OUI !
FIGUREZ-VOUS...
QUE DÈS QUE JE METS LE NEZ DEHORS, J'EN VOIS DE TOUTES LES COULEURS !
PETER ME HARCÈLE SANS CESSE...
ALICE !
BOING
AAAH
BORIS VEUT À TOUT PRIX M'APPRENDRE À TIRER AU PISTOLET...
COMME ÇA...
IL EST TROP LOURD POUR
TU VAS VITE T'Y HABITUER !

UNE FOIS, JE ME SUIS MÊME PERDUE AVEC ACE EN PLEINE FORÊT, ET ON A DÛ CAMPER TOUS LES DEUX EN ATTENDANT QUE LE JOUR SE LÈVE...
CE MONDE EST VRAI-MENT PEUPLÉ DE FOUS...
IL N'Y EN A PAS UN POUR RATTRAP...
JE VOIS...
EN VÉRITÉ, SI TU T'HABITUES SI BIEN À NOS COUTUMES...
C'EST PARCE QUE TU AS RÉUSSI À AVOIR TOUS LES HOMMES DU PAYS À TA BOTTE !

JE NE VOUS PERMETS PAS !
PFF...
TU ES DOUÉE POUR ENJÔLER TES PROIES AVEC TA JOLIE FRIMOUSSE...
SHH
PEUT-ÊTRE QUE...
BRR

C'EST TOI QUI T'ES JOUÉE DE TON ANCIEN FIANCÉ !
COM-MENT ?
TU AIMES QUE LES HOMMES TE TOURNENT AUTOUR...
VILAINE FILLE !

!!
ÇA SUFFIT !
ぱしっ
PAF
VOUS ÊTES MAL PLACÉ POUR CRITIQUER LES AUTRES !
MAL PLACÉ ?
QUE VEUX-TU DIRE ?

JE VOUS AI VU !
VOUS AVIEZ UN RENDEZ-VOUS SECRET AVEC VIVALDI DANS VOTRE ROSERAIE !
IL EST STRICTEMENT INTERDIT DE PÉNÉTRER DANS CE JARDIN...
TU Y ES ENTRÉE ?
JE SUIS UNE ÉTRANGÈRE ! COMMENT AURAIS-JE PU DEVINER QUE JE N'AVAIS PAS LE DROIT DE M'Y PROMENER ?

CERTES ...
MAIS ...
TAC
TU AS VU QUELQUE CHOSE QUE TU N'AURAIS PAS DÛ VOIR...
ICI, ON NE TRANSGRESSE PAS LES RÈGLES IMPUNÉMENT !
CLAC
?!

CRR...
GH...
J'AI TOUJOURS PENSÉ...
QUE SI UNE ÉTRANGÈRE FAISAIT SON APPARITION, JE LA TUERAIS DE MES PROPRES MAINS !

ASSASSINER CELLE QUE TOUT LE MONDE ADULE...
QUEL PLAISIR IMMENSE !
DOMMAGE, TU M'ÉTAIS TRÈS UTILE POUR TROMPER MON ENNUI !
J'IRAIS MÊME JUSQU'À DIRE QUE TU ME PLAISAIS...
J'EN AVAIS PERDU L'ENVIE DE T'ÉLIMINER !
JE N'IMAGINAIS PAS QUE J'EN VIENDRAIS À TE SUPPRIMER DE CETTE FAÇON...

ARGH...
...
VOUS ÊTES IMMONDE !
VOUS ME MURMUREZ DES MOTS DOUX...
VOUS PRÉTENDEZ MÊME QUE JE VOUS PLAIS...
PAUVRE VIVALDI ! JE LA PLAINS VRAIMENT D'ÊTRE L'AMANTE D'UN HOMME DE VOTRE ESPÈCE !!
MON AMANTE ?
SHH
HA HA...
JE CROIS QUE JE ME SUIS UN PEU EMBALLÉ...
HAN
?

CETTE FEMME N'EST PAS MON AMANTE...
QU'EST-ELLE POUR VOUS, ALORS ?
JE SUIS SÛRE DE CE QUE J'AI VU !
TU PEUX BIEN PENSER CE QUE TU VEUX...
PERSONNE NE TE CROIRA, DE TOUTE FAÇON !
CES DEUX-LÀ NE PEUVENT PAS ÊTRE AMIS !
...
VOUS ÊTES CENSÉS ÊTRE ENNEMIS ! POURQUOI...
TU N'AS PAS À LE SAVOIR !

NE CHERCHE PAS À TE MÊLER DE MES AFFAIRES...
ET PAR AILLEURS ...
SI TU AS DES SENTIMENTS POUR MOI, JE TE CONSEILLE D'Y RENONCER !
JE N'AI PAS ENVIE QUE TU SUPERPOSES L'IMAGE DE TON ANCIEN SOUPIRANT À LA MIENNE !
FSSH
かあっ
DITES DONC...
POUR QUI VOUS PRENEZ-VOUS ?!

PLAF
ばんっ
HAN
VOUS N'ÊTES QU'UN MUFLE !
SI VOUS INSINUEZ QUE J'ALLAIS VOUS TOMBER DANS LES BRAS, VOUS DIVAGUEZ, MON PAUVRE AMI !

POUR COMMENCER, JE ME SUIS JURÉ DE NE PLUS JAMAIS AIMER PERSONNE, FIGUREZ-VOUS !
J'AI DÉJÀ DONNÉ !
AH OUI ?
ÇA TOMBE BIEN...
TOUTES CES FUTILITÉS ME FATIGUENT !
...

SLAM
TIENS ?
EH, ALICE !
ALORS COMME ÇA...
TU...
MAIS... EUH...
QU'EST-CE QUI T'ARRIVE ?!
POURQUOI PLEURES-TU ?!

IL S'EST PASSÉ QUELQUE CHOSE AVEC BLOOD ?
CRK
TAP
ALICE !
...
BLOOD...

QU'EST-CE QUE TU LUI AS FAIT ?
ELLE ÉTAIT EN LARMES...
TU AS FINI PAR LA DÉTESTER ?
...
D'HABITUDE, QUAND QUELQU'UN T'INSUPPORTE, TU LE TUES SANS AUTRE FORME DE PROCÈS, PLUTÔT QUE DE LE FAIRE PLEURER !
POURQUOI EST-CE QUE...
ELLIOT...

JE DOIS ME REMETTRE AU TRAVAIL...
SORS DE MON BUREAU, JE TE PRIE !
JE N'ARRIVE PAS À Y CROIRE... IL SE TROMPE SUR TOUTE LA LIGNE !
AUCUN RISQUE QUE JE M'ÉPRENNE D'UN TEL MALOTRU !
ÇA TOMBE BIEN...
TOUTES CES FUTILITÉS ME FATIGUENT !
MAIS ALORS POURQUOI...
POURQUOI EST-CE QUE JE...

TIENS !
REGARDEZ QUI VOILÀ !
BONJOUR, BORIS...
ÇA VA, TU ES GUÉRI ?
OUI, OUI !
HÉ HÉ !
MERCI D'AVOIR PRIS SOIN DE MOI, L'AUTRE JOUR !

J'ESPÈRE QUE TU NE FAIS PLUS DE FOLIES...
EUH...
EH BIEN...
TOUT À L'HEURE, JE ME SUIS AVENTURÉ DANS LE CHÂTEAU...
MAIS J'AI PRIS MILLE PRÉCAUTIONS...
ET JE SUIS RESSORTI SANS UNE ÉGRATIGNURE !
BON...
TU RENTRES À LA TOUR DE L'HORLOGE ?
OUI...
DÉSOLÉE...
DOMMAGE, TOUT À L'HEURE LE BOSS NOUS A INTERROMPUS AU BEAU MILIEU DE NOTRE PETIT JEU...
...

ALICE !
QUELLE EST LA FLEUR QUI A BESOIN DE BEAUCOUP D'EAU POUR VIVRE ?
TU LE SAIS ?
POURQUOI CETTE QUES-TION ?
ALLEZ, DEVINE !
QUI A BESOIN DE BEAUCOUP D'EAU ?
IL S'AGIT SÛREMENT D'UNE FLEUR FRAGILE... EUH...
BIIIP !
VOTRE TEMPS EST ÉCOULÉ !
FLAP
VOICI...
LA RÉPONSE !
UNE ROSE ?

JE NE SAVAIS PAS QUE LES RO-SES ÉTAIENT AUSSI SEN-SIBLES...
MAIS NON !
POM ぽんっ
QUAND ON TIENT ...
À SA ROSE...
ÇA S'ARROSE !
PFF...
HA HA HA !
N'IMPORTE QUOI !
HI HI HI...
TU NOUS FAIS DES JEUX DE MOTS, MAIN-TENANT ?
OUI, J'ADORE LES DEVINETTES ET LES CA-LEMBOURS !

ÇA VA MIEUX ?
TU AS RETROUVÉ LE SOURIRE !
IL A FAIT ÇA POUR ME RÉCONFORTER ?
TRICHEUR, TU TE METS TOUJOURS EN AVANT !! MOI AUSSI JE T'AIME, ALICE !
MOI AUSSI !
J'AIME TE VOIR DE BONNE HUMEUR !
MERCI...

HÉ HÉ...
AVEC ELLE, AU MOINS, JE NE SUIS PAS PRÈS DE M'EN-NUYER !

OUAH !
PLAF
PLAF
ドサ
ドサ
AAAH ! ACE !
♥15 Crooked Love
OUH LÀ...
JE T'AI BOUSCULÉE...
DÉSOLÉ !

REGARDE DEVANT TOI QUAND TU MARCHES !
HA HA...
IL N'Y A PAS DE QUOI RIRE...
J'ESPÈRE QUE TU SERAS PLUS ATTENTIF DURANT TA MISSION !
NE T'INQUIÈTE PAS !
JE FERAI ATTENTION, PROMIS !
IL EST MALADE ?
J'AI L'IMPRESSION QU'IL N'EST PAS COMME D'HABITUDE...
OÙ EST PASSÉE SA DÉMARCHE ASSURÉE ?

ÇA FAIT UN MOMENT QU'IL EST COMME ÇA...
D'AILLEURS, QUAND JE L'ENVOIE EN MISSION...
IL SE PERD DE PLUS EN PLUS SOUVENT !
AU FAIT...
D'OÙ SORTENT TOUS CES LIVRES ?
JE LES AI ACHETÉS EN VILLE !
J'AVAIS UN PEU D'ARGENT DE CÔTÉ ...

CEUX DU CHAPELIER NE TE PLAISAIENT PAS ?
どっさり
PLAF
NON...
PAS VRAIMENT ...
バンッ
BAM
ALICE !
TU ES LÀ ?!
QUE SE PASSE-T-IL, PETER ?
OH NON, VOILÀ LE LAPIN TIMBRÉ...
ぎょっ
GLOUPS
TU M'AS FAIT PEUR !
ALICE !
ガバッ
POF
TU M'AS MANQUÉ !!
ぎゅううう~
CRRR
TU M'EN DIRAS TANT...
ON S'EST VUS PAS PLUS TARD QUE TOUT À L'HEURE...
TU PEUX ME LÂCHER ?
JE TE PRÉVIENS, J'AI LA MAIN QUI ME DÉMANGE...

ET SI TU M'EXPLIQUAIS...
POURQUOI TU ES DANS TOUS TES ÉTATS ?
ELLE L'A FRAPPÉ...
TU DOIS ABSOLUMENT VENIR AU CHÂTEAU, C'EST UNE URGENCE !
UNE URGENCE ?
LA REINE TE RÉCLAME, ELLE VEUT TE VOIR SUR-LE-CHAMP !
BOBOM
VIVALDI ?
JE VAIS AVOIR DU MAL À LA REGARDER DANS LES YEUX...
EN FAIT ...
COMME TES VISITES SONT TROP RARES À SON GOÛT, ELLE EST D'UNE HUMEUR DE CHIEN...
DU COUP, UN RIEN LA CONTRARIE ET ELLE FAIT EXÉCUTER TOUT LE MONDE !
VU QU'ELLE FAIT COUPER DES TÊTES À TOUR DE BRAS...
ON VA BIENTÔT MANQUER DE SOLDATS ET DE SERVITEURS !
OUH LÀ...

ELLE A MÊME AJOUTÉ QUE SI JE N'ARRIVAIS PAS À TE RAMENER, C'EST MOI QU'ELLE ALLAIT FAIRE EXÉCUTER !
TIENS DONC !
EN VOILÀ UNE BONNE NOUVELLE !
J'IRAI LA VOIR UNE FOIS QUE TA SANCTION AURA ÉTÉ APPLIQUÉE !
MAIS C'EST MÉCHANT !!
JE N'AI PAS SPÉCIALEMENT ENVIE DE ME RENDRE AU PALAIS MAINTENANT, ALORS ...
ÇA FERA D'UNE PIERRE, DEUX COUPS...
OH NON...
?!
SHHH
SNIF...
TU NE VEUX PAS SAUVER LA VIE D'UNE PAUVRE CRÉATURE SANS DÉFENSE ?

...
ALORS, TU VIENS AU CHÂTEAU ?
D'ACCORD !
KOF
MAIS TU NE VOULAIS PAS Y ALLER IL Y A DEUX SECONDES À PEINE...
POF
JE NE VAIS TOUT DE MÊME PAS ABANDONNER...
CE PAUVRE PETIT LAPIN À SON TRISTE SORT !

BON, J'Y VAIS !
BLAM
JE COMPRENDS MIEUX D'OÙ VENAIENT CES POILS BLANCS...
ALICE N'EST TOUJOURS PAS ARRIVÉE ?! JE COMMENCE À M'IMPATIENTER !!
WHITE A ENCORE DÛ TRAÎNER EN CHEMIN !
HOP
ELLE EST EN COLÈRE ?
QU'ON COUPE LA TÊTE DE CE GARDE !
MAIS VOYONS, VIVALDI...
SILENCE !
VOUS VOULEZ AVOIR LA TÊTE TRANCHÉE, VOUS AUSSI ?
OUI, ELLE NOUS FAIT UNE CRISE DE NERFS...
QUELLE FURIE...
ATTENDEZ, VIVALDI !

ALICE !
B... BON-JOUR...
OOH... J'AVAIS TELLEMENT HÂTE DE VOUS REVOIR !
PARDON D'AVOIR TANT TARDÉ...
MAIS PUISQUE JE SUIS LÀ...
VOUS ALLEZ ANNULER LA SENTENCE DE PETER, N'EST-CE PAS ?
CELLE DE WHITE ?
AH OUI...
JE NE L'AVAIS PAS VU !

IL VOUS A ATTENDRIE EN PRENANT CETTE APPARENCE ?
JE N'AVAIS PAS L'INTENTION DE LE FAIRE EXÉCUTER, DE TOUTE FAÇON...
HEIN ?
COMMENT ÇA ?
BOING
SA FORCE EST SANS ÉGALE...
FRR
IL AURAIT TUÉ TOUS LES SOLDATS AVANT QU'ILS PUISSENT LE CAPTURER !
SHHH
DONNER CET ORDRE N'AURAIT SERVI À RIEN...
DÈS QU'IL REPREND SA FORME HUMAINE, J'AI DES ENVIES DE MEURTRE...
TU M'AS ROULÉE ?
PAS DU TOUT !
LA REINE EST DEVENUE HYSTÉRIQUE ET M'A MENACÉ...
MAIS JE SAVAIS BIEN QU'ELLE N'IRAIT PAS JUSQU'AU BOUT DE SA PENSÉE...

ENFIN, LE RÉSULTAT EST LÀ !
MOI AUSSI, JE VOULAIS QU'ALICE VIENNE AU CHÂTEAU...
JE REGRETTE ...
HI HI...
MAIS JE VAIS LA GARDER POUR MOI TOUTE SEULE !
AH NON, C'EST INJUSTE !!
ET NE LA TOUCHEZ PAS DE CETTE FAÇON, JE VOUS PRIE !
TU L'AS VUE BIEN PLUS SOUVENT QUE MOI !
CETTE FOIS, ELLE VA ME TENIR COMPAGNIE...
À FORCE DE TIRER AU FLANC, TU AS PRIS UN SACRÉ RETARD DANS TON TRAVAIL !
GRR...
TU POURRAS TE PLAINDRE QUAND TU EN SERAS VENU À BOUT !
POURQUOI...
QUOI ?
FLAP
NE CONFIEZ-VOUS PAS LES BASSES BESOGNES AU ROI, COMME D'HABITUDE ?!

ET VOILÀ !
BON COURAGE À TOUS LES DEUX !
HO HO HO...
ALICE !
MAIS WHITE...
NOUS SOMMES EN MANQUE DE PERSONNEL, LES TÂCHES S'ACCUMULENT ...
JE NE POURRAI PAS ME CHARGER DE TON TRA-VAIL EN PLUS DE TOUT LE RESTE !
VOICI MA CHAMBRE !
ALICE...
JE VAIS VOUS MONTRER MA COLLECTION SECRÈTE...
BOBOM
J'ESPÈRE QUE CE N'EST PAS...
CELLE DE TOUTES LES TÊTES QU'ELLE A FAIT COUPER !

OUAH...
IL Y A DES PELUCHES PARTOUT !
ET AUCUNE TÊTE COUPÉE...
FLAP
ふわっ
EH OUI...

J'ADORE TOUT CE QUI EST MIGNON !
C'EST POUR CELA QUE VOUS ME PLAISEZ AUTANT, MA CHÈRE !
HI HI...
SEULES QUELQUES-UNES DE MES SERVANTES CONNAISSENT MON PENCHANT POUR LES JOLIES CHOSES...
VOUS ME PROMETTEZ DE NE LE RÉPÉTER À PERSONNE ?
JUREZ-LE !
EUH, OUI...
C'EST PROMIS !
HI HI...
OUI...
CE SERA NOTRE PETIT SECRET !

OH...
ELLE EST EN-CORE PLUS BELLE VUE DE PRÈS...
MAIS ELLE FAIT PLUS JEUNE QUE D'ORDINAIRE...
ELLE N'A PLUS CETTE ESPÈCE DE GRANDILO-QUENCE GLACÉE...
DANS SA CHAMBRE, VIVALDI REDEVIENT LA PETITE FILLE QU'ELLE ÉTAIT AVANT DE MONTER SUR LE TRÔNE !
DITES-MOI, À QUEL ÂGE ÊTES-VOUS DEVENUE REINE DE CŒUR ?
EH BIEN... J'AVOUE QUE J'AI OUBLIÉ...
C'ÉTAIT QUAND IL A FALLU REM-PLACER LA PRÉCÉDENTE SOUVERAINE ...
VOTRE MÈRE ?
NON...
NOUS N'AVIONS AUCUN LIEN DE PAREN-TÉ...

J'IGNORE SI ELLE EST DÉCÉDÉE OU NON...
SEULS CEUX QUI ONT PARTI-CIPÉ AU JEU PRÉCÉDENT SAVENT COMMENT IL A FINI !
MAIS VU SON RÔLE, IL AURAIT ÉTÉ DIFFICILE POUR ELLE D'ARRÊTER EN COURS DE ROUTE...
ELLE A DÛ MOURIR...
OU BIEN ELLE A TROUVÉ UN AUTRE MOYEN DE QUITTER LE JEU !
J'AI ÉTÉ CHOISIE POUR PRENDRE SA SUITE...
À L'ÉPOQUE, J'ÉTAIS UNE PETITE FILLE DU PEUPLE TOUT À FAIT BANALE, SANS VISAGE ET SANS RÔLE...
J'AI DÛ ME SÉPARER DE MES PARENTS ET DE MON FRÈRE POUR VENIR M'INS-TALLER AU CHÂTEAU...

CEUX QUI SONT ÉLUS PEUVENT SÛREMENT DÉCLINER L'INVITATION, MAIS ÇA NE M'A MÊME PAS TRAVERSÉ L'ESPRIT...
ALORS VOUS N'AVEZ PAS VRAIMENT VOULU DEVENIR REINE...
NON, ON M'A ATTRIBUÉ CE RÔLE UN BEAU JOUR...
SANS QUE J'AIE JAMAIS RIEN DEMANDÉ !
LES DEVOIRS D'UNE REINE SONT ASSOMMANTS...
SI ÇA NE TENAIT QU'À MOI, JE DÉMISSIONNERAIS TOUT DE SUITE !

MAIS ABANDONNER SON RÔLE IMPLIQUE DE RENONCER AU JEU...
ET DANS NOTRE MONDE...
J'IGNORE COMMENT ON PEUT VIVRE SANS LE JEU !
UN JEU ?
C'EST-À-DIRE ?
C'EST UN PEU COMPLEXE POUR UNE ÉTRANGÈRE...
MAIS C'EST AINSI QUE NOTRE MONDE FONCTIONNE...
CERTAINS L'APPRÉCIENT...
ET D'AUTRES S'Y OPPOSENT !

AVEZ-VOUS REMARQUÉ QUELQU'UN EN PARTICULIER QUI SEMBLE SANS CESSE COURIR DANS TOUS LES SENS ?
EUH...
OUI, ACE !
IL FAIT TOUT POUR ÉCHAPPER À SON RÔLE...
MAIS IL N'Y ARRIVERA JAMAIS !
C'EST SI DRÔLE DE LE VOIR SE DÉBATTRE EN VAIN. CHAQUE FOIS QUE JE LE REGARDE, JE ME SENS SOULAGÉE...

QUEL ESPRIT TORDU...
MAIS J'AI UN DEUXIÈME DÉFOULOIR QUI ME PERMET D'ÉVACUER MON STRESS...
FAIRE COUPER DES TÊTES !
MON TOUT PREMIER ORDRE D'EXÉCUTION...
FUT DESTINÉ À LA MAÎ-TRESSE DU ROI !
VOUS VOULEZ DIRE...
DU ROI ?

OUI, VOUS L'AVEZ VU TOUT À L'HEURE...
LE BON À RIEN MOUSTACHU...
C'EST LUI, LE ROI ?!
À PART SES HABITS, RIEN NE LE LAISSAIT PRÉSAGER...
ÇA ALORS !
C'EST DONC VOTRE MARI...
DIFFICILE À CROIRE...
BIEN SÛR QUE NON ! NOUS NE SOMMES PAS MARIÉS !
NOUS TENONS RESPECTIVEMENT LE RÔLE DU ROI ET DE LA REINE, C'EST TOUT !
JE N'AI JAMAIS SONGÉ À ÉPOUSER CET HOMME !
MAIS ALORS, SA MAÎTRESSE, COMME VOUS DITES, C'ÉTAIT SEULEMENT SA FIANCÉE...
POURQUOI L'AVEZ-VOUS CONDAMNÉE À MORT ?
HMM... ELLE EST TOUJOURS VIVANTE, EN RÉALITÉ...
LE ROI M'A SUPPLIÉE DE L'ÉPARGNER !
ELLE VIT ACTUELLEMENT QUELQUE PART EN VILLE...

L'EXÉCUTION A ÉTÉ ANNULÉE MAIS CELA N'EFFACE EN RIEN LE CRIME !
À CETTE ÉPOQUE, J'ÉTAIS AU FAÎTE DE MA JEUNESSE ET MA BEAUTÉ ÉTAIT SANS ÉGALE...
OR, LE ROI NE M'A PAS TOUCHÉE UNE SEULE FOIS...
QUELLE INSOLENCE, N'EST-CE PAS ?
VOILÀ DONC LA FAUTE QU'IL A COMMISE ?
EN EFFET ...
ÇA M'ÉNERVAIT TELLEMENT QUE J'AI VOULU SUPPRIMER SA MAÎTRESSE !
PEUT-ON VRAIMENT APPELER ÇA UN CRIME ?
LE ROI M'EST TRÈS UTILE...
POUR LES TÂCHES COURANTES..
C'EST POURQUOI J'AI BESOIN QU'IL RESTE EN VIE !

ENFIN...
ELLE ÉTAIT JUSTE JALOUSE, AU FOND !
HI HI...

EN RÉALITÉ, VIVALDI...
LE ROI N'EST QU'UN EFFRONTÉ ! PAS VRAI ?
AIME SINCÈREMENT LE ROI...

MAIS ALORS, ET BLOOD ?
QU'Y A-T-IL ENTRE LA REINE ET LUI ?
CETTE FEMME N'EST PAS MON AMANTE...
TOUT S'EMBROUILLE DANS MA TÊTE...
JE COMPRENDS DE MOINS EN MOINS !

♥16 Sweet Dream Taste

HÉ HÉ HÉ...
♪
VIENS, ALICE !
SUIS-MOI !
TU M'AS L'AIR DE BONNE HUMEUR...
TU SAUTILLES...
OUI !
J'AIME QUAND SA MAJESTÉ VA DANS MON SENS !

TIENS !
LA NUIT EST TOMBÉE...
J'ÉTAIS TELLEMENT ABSORBÉE PAR NOTRE CONVER-SATION QUE JE N'AI PAS FAIT ATTENTION...
IL FAUT QUE JE RENTRE !

POURQUOI NE RESTEZ-VOUS PAS DORMIR AU CHÂTEAU ?
EH BIEN ...
C'EST QUE...
JULIUS RISQUE DE S'INQUIÉTER !
IL N'EST PAS DU GENRE À SE FAIRE DU SOUCI POUR AUTRUI !
HMM...
PEUT-ÊTRE...
J'AI BIEN L'INTENTION DE POURSUIVRE NOTRE PETITE DISCUSSION !
MAIS ...

JE VOUS PRÉVIENS : SI VOUS PARTEZ, JE COUPERAI LA TÊTE DE QUELQU'UN POUR CHASSER MA MÉLANCOLIE...
JE NE VEUX PAS AVOIR ÇA SUR LA CONSCIENCE...
ALORS VOUS RESTEZ !
JE VAIS DEMANDER QU'ON NOUS PRÉPARE ENCORE DU THÉ !
ET NOUS POURRONS CONTINUER À BAVARDER ! ♪
CETTE REINE EST VRAIMENT CAPRICIEUSE...
JULIUS POURRAIT AVOIR BESOIN D'AIDE...
C'EST VRAI QUE JE L'IMAGINE MAL SE FAIRE UN SANG D'ENCRE POUR MOI...
JE PEUX BIEN AVOIR UN PEU DE RETARD, APRÈS TOUT !

JE NE ME DOUTAIS PAS...
QUE LA NUIT S'ÉTERNISERAIT AUTANT !
IL N'Y A PAS DE RÈGLES PRÉCISES EN CE QUI CONCERNE LES PÉRIODES DE LA JOURNÉE...
CETTE FOIS-CI, LA NUIT EST PARTICULIÈREMENT LONGUE...
MAIS TANT MIEUX, ÇA ME PERMET DE PASSER PLUS DE TEMPS AVEC TOI !
EUH... TU ME CONDUIS SEULEMENT À MA CHAMBRE, RIEN DE PLUS...
JE POURRAIS TOUT AUSSI BIEN RENTRER SEULE À LA TOUR DE L'HORLOGE !

OH NON !
SI TU FAIS ÇA, LA REINE ME PASSERA UN SAVON !
ON RETROUVE DE PLUS EN PLUS DE CADAVRES AUTOUR DU CHÂTEAU...
DE CADAVRES ?!
ON IGNORE QUI EST L'AUTEUR DE CES CRIMES, MAIS IL EST HORS DE QUESTION QUE TU T'AVENTURES SEULE À L'EXTÉRIEUR EN PLEINE NUIT !
SOIS RAISONNABLE ET RESTE DORMIR ICI ! ♡
D'AC-CORD...

EST-CE QUE JE PEUX DORMIR AVEC TOI ?
BIEN SÛR QUE NON !
SORS IMMÉDIATEMENT !
BON...
ALORS BONNE NUIT...
BLAM
バタン
TIENS ?
IL N'A PAS INSISTÉ...
TOC TOC
CLAC
ガチャ

ALICE...
JE PEUX DORMIR AVEC TOI ?
ÉVIDEMMENT !
ENTRE !
BOING
SI SEULEMENT TU POUVAIS RESTER SOUS CETTE FORME TOUTE TA VIE...
HÉLAS, ELLE PRÉSENTE BEAUCOUP D'INCONVÉNIENTS !
HI HI HI. IL EST À CROQUER !

MAIS POUR TOI, JE SUIS PRÊT À ME TRANSFORMER AUTANT DE FOIS QU'IL LE FAUDRA !
DEMANDE-LE-MOI QUAND TU VEUX !
AU FAIT...
ÇA FAIT QUELQUE TEMPS QUE TU ES ARRIVÉE DANS NOTRE MONDE...
QU'EN PENSES-TU ? TU AIMES CE PAYS ?
HEIN ?

HMM... JE NE M'Y SENS PAS MAL À L'AISE...
ET JE NE DÉTESTE PAS CE ROYAUME...
C'EST VRAI ?!
ALORS TU VAS RESTER ICI POUR TOUJOURS ?!
NON, IMPOSSIBLE ...
POURQUOI ?!
J'AI UNE VIE, LÀ D'OÙ JE VIENS...
SI JE RESTE TROP LONGTEMPS PARMI VOUS, MA SŒUR VA FINIR PAR SE FAIRE DU SOUCI !

MAIS...
ALICE...
TA SŒUR EST...
...
NON, RIEN...
ALORS COMME ÇA...
TU COMPTES RENTRER À TOUT PRIX ?
OUI...
JE DOIS RETOURNER LÀ-BAS...
DANS LE MONDE OÙ M'ATTEND LORINA !

NOUS AVONS PERDU NOTRE MÈRE TRÈS JEUNES...
POUR TROMPER SON CHAGRIN, NOTRE PÈRE S'EST CONSACRÉ ENTIÈREMENT À SON TRAVAIL...
COMME JE N'AI PAS PLEURÉ PENDANT LES FUNÉRAILLES DE MAMAN, MA PETITE SŒUR EDITH M'A ACCUSÉE DE NE PAS AVOIR DE CŒUR...
SEULE LORINA...
ALICE...

ÉTAIT GENTILLE AVEC MOI ...
JE SUIS SÛRE QU'ELLE S'INQUIÈTE DE MON ABSENCE !
JE NE VEUX PAS LUI FAIRE DE PEINE...
ALORS IL FAUT QUE JE RENTRE !
ELLE VEUT S'EN ALLER...

zzz
スゥ…
ALICE...
IL NE FAUT PAS QUE TU REPARTES...
JE NE LE SUPPORTERAI PAS !

QU'EST-CE QUE C'EST ?
C'EST DOUX ET CHAUD...
FRR
AH OUI !
C'EST SÛREMENT LA FOURRURE DE PETER...
MAIS...
GLOMPS

AAAAH !
BING
HEIN ?
AH, ALICE !
BONJOUR !
CLIC
ARRIÈRE !
C'EST TOUT CE QUE TU TROUVES À DIRE ?!
QU'EST-CE QUE TU FAIS DANS MON LIT SOUS TA FORME HUMAINE ?!
TIENS, J'AI LA JOUE QUI ME BRÛLE...
JE TROUVAIS QUE CETTE CHAMBRE ÉTAIT UN PEU FRISQUETTE, ALORS J'AI VOULU TE RÉCHAUFFER...
TU N'AURAIS PAS PU RESTER LAPIN ?
JE T'AI DIT QUE ÇA PRÉSENTAIT PAS MAL D'INCONVÉNIENTS...
ET COMME JE VOULAIS TE SERRER CONTRE MOI... ♡
BONG
?!

ALI... CE...
RENDORS-TOI !!
PFF...
QUEL GOUJAT !
TIENS...

ACE...

OUI...
ET LÀ, JE RENTRE À LA TOUR DE L'HORLOGE ...
ÇA TOMBE BIEN !
TU PEUX ME CONDUIRE À L'EXTÉRIEUR DU JARDIN ?
MERCI POUR TON AIDE !
CE PARC EST UN VRAI LABYRINTHE ...
JE L'AI PARCOURU DE LONG EN LARGE TOUTE LA NUIT SANS RÉUSSIR À TROUVER LA SORTIE !
D'HABITUDE, JE N'AIME PAS DEMANDER MON CHEMIN, MAIS LÀ, C'EST UN CAS DE FORCE MAJEURE...

IL FAUT QUE JE MÈNE À BIEN LA MISSION QUE M'A CONFIÉE JULIUS...
SI JE SUIS EN RETARD, IL VA ENCORE ME SERMONNER !
TU VAS...
RÉCUPÉRER UNE MONTRE ?
HMM...
JULIUS T'A TOUT RACONTÉ ?
IL T'A PARLÉ DE SON TRAVAIL DE CROQUE-MORT...

ET, MALGRÉ TOUT, TU CONTINUES À L'AIDER ?
ÇA NE TE REBUTE PAS ?
ABSOLUMENT PAS...
C'EST UN TRAVAIL COMME UN AUTRE !
PUISQUE VOS CŒURS SONT DES MONTRES...
QUAND ELLES S'ARRÊTENT, JULIUS FAIT EN SORTE QU'ELLES REPARTENT...
C'EST UNE TÂCHE TRÈS IMPORTANTE, DANS VOTRE MONDE !

MAIS...
SOUS PRÉTEXTE QUE VOS MONTRES PEUVENT ÊTRE RÉPARÉES...
VOUS PRENEZ VOS VIES À LA LÉGÈRE, ET J'AI HORREUR DE ÇA !
QUAND TU VAS RÉCUPÉRER UNE MONTRE...
TU DOIS TUER DES GENS, JE ME TROMPE ?
OUI ...
EST
AI...

MAIS JE N'AI PAS LE CHOIX !
JE DOIS INTERVENIR AVANT QU'ILS DÉTRUISENT LA MONTRE...
CE N'EST PAS UNE RAISON POUR LES ASSASSINER !
SI JE LES LAISSAIS EN VIE, ILS RECOMMENCERAIENT...
ILS POURRAIENT MÊME SE RETOURNER CONTRE MOI !
JE PRENDS DES MESURES FACE AU DANGER, VOILÀ TOUT...
ENTRE ÉLIMINER QUELQUES PERSONNES QUI POURRONT RESSUSCITER...
ET RISQUER DE PERDRE UNE MONTRE, LE CHOIX EST VITE FAIT !

C'EST SEULEMENT LES RÔLES QUI SERONT REMPLACÉS...
LES PERSONNALITÉS DE CES GENS, ELLES, SONT PERDUES À JAMAIS...
VOILÀ POURQUOI VOUS DEVRIEZ ACCORDER PLUS DE VALEUR À VOTRE VIE !
DANS UN SENS, JE COMPRENDS TON POINT DE VUE...
MAIS DANS NOTRE PAYS, UNE EXISTENCE SANS RÔLE N'A QUE PEU DE PRIX...
AH !
DE PLUS...
TAP
QUI SONT...
CES GENS ?!
TAC

SLASH

PLIC ポタ
PLIC ポタ

QUAND ON EST PLEIN DE BONNES INTENTIONS COMME TOI, ON NE FAIT PAS LONG FEU, PAR ICI !
PLAF
ドサッ
PLAF
ドサッ
AAH...
...
GH...
LES CADAVRES QU'ON RETROUVE AUTOUR DU CHÂTEAU...
EN FAIT, C'EST TOI QUI LES AS...

OUI...
CE SONT SÛREMENT MES VICTI-MES...
ON VIENT SOUVENT M'ATTA-QUER !
ET J'AI L'IMPRESSION QUE PETER N'Y EST PAS POUR RIEN, D'AILLEURS...
VRAI OU FAUX ?
BAM
GH...
ARRÊTE, ACE ! NE T'ACHARNE PAS SUR EUX !
JE CROIS QU'IL NE M'AP-PRÉCIE PAS TROP...
GH...
ACE ! ÇA SUFFIT !
POURTANT, MOI, JE L'AIME BIEN...
KOF
AH...
NOUS
ÉJÀ À DE
NATION !

MERCI DE M'AVOIR GUIDÉ !
JE PARS EN MISSION !
ACE !
À PLUS TARD...
ALICE !

QUAND ON EST PLEIN DE BONNES INTENTIONS COMME TOI, ON NE FAIT PAS LONG FEU, PAR ICI !
ACE...

♥ 17 Declaration

HOP...
LÀ !
TAP
INFILTRATION RÉUSSIE ! ♪
SNIF
SNIF
TIENS ! JE SENS L'ODEUR D'ALICE...
FUIT
?!
ALICE ?!

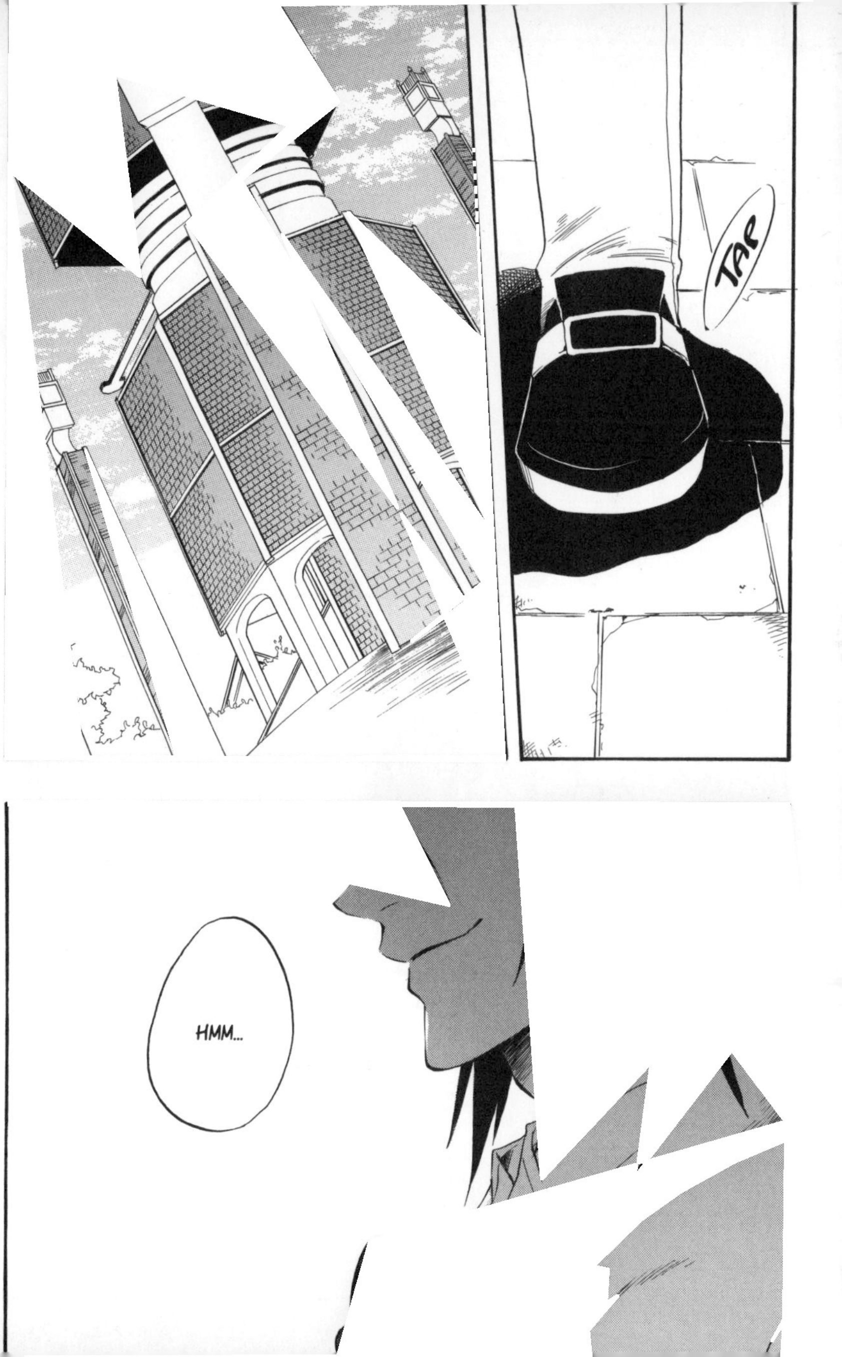
TAP
HMM...

AH !
TOC TOC
CLAC ガチャ
NAVRÉ DE TE DÉRANGER...
TAC
ÇA ALORS !
VOILÀ UN VISITEUR INHABITUEL ...

BLOOD DUPRÉ...
TOUJOURS AUSSI ACHARNÉ AU TRAVAIL ?
QUE ME VEUX-TU ?

NE PRENDS PAS CET AIR EFFRAYANT, VOYONS !
IL FALLAIT BIEN QUE JE VIENNE TE VOIR À UN MOMENT OU À UN AUTRE...
MÊME SI JE PRÉFÈRE ÉVITER DE M'APPROCHER DE CET ENDROIT AUTANT QUE JE PEUX...
TAC
QU...

CLANG
BLING
CRAC
DÉSOLÉ ...
MAIS COMME TU NE ME PROPOSAIS PAS DE SIÈGE...
GRR...
MISÉRABLE...
TU L'AS FAIT EXPRÈS !
PFF...
QUE D'HISTOIRES POUR QUELQUES MONTRES !
CES CHOSES SONT INDISPENSABLES À NOTRE EXISTENCE ...
D'UN CÔTÉ, C'EST ASSEZ FRUSTRANT...

JE T'ADMIRE VRAIMENT ...
TU PRATIQUES UN MÉTIER DES PLUS LUGUBRES...
INDISPENSABLE MAIS INGRAT...
JE DIRAIS MÊME MAUDIT !
J'EN SERAIS INCAPABLE...
ÇA NE ME SERAIT MÊME JAMAIS VENU À L'IDÉE !
JE TE PLAINS UN PEU D'ÊTRE ENCHAÎNÉ POUR TOUJOURS À CE SOMBRE TRAVAIL...

VIENS-EN AU FAIT !
TIC TAC
J'IMAGINE ...
QUE TU N'ES PAS VENU JUSQU'ICI JUSTE POUR ME DIRE ÇA !
BIEN SÛR QUE NON !
JE SUIS TRÈS OCCUPÉ...
EN QUOI PUIS-JE T'ÊTRE UTILE ?
BON...
J'IRAI DROIT AU BUT...

JE VEUX GARDER ALICE À MES CÔTÉS...
ELLE VA DONC EMMÉNAGER DANS MON MANOIR !

COMMENT ?!
TIENS DONC...
VU LE TON SUR LEQUEL TU ME PARLAIS, JE PENSAIS QUE TU AVAIS DEVINÉ LE BUT DE MA VISITE !
PFF...
ALORS COMME ÇA, LE CHEF DE LA CHAPELIER FAMILY S'EST AMOURACHÉ D'UNE SIMPLE FILLETTE...
PUISQUE TU ABORDES LE SUJET...
TU N'ES PAS DU GENRE À ACCEPTER LA COHABITATION, NORMALEMENT !
MAIS BON, TU N'ES PAS SANS SAVOIR...

QUE LES GENS DE CE MONDE SONT TOUS ATTIRÉS PAR LES ÉTRANGÈRES...
ET CE N'EST PAS SEULEMENT À CAUSE DE LEUR RARETÉ...
TOUTES LES PERSONNES QUI SE RETROUVENT PRÉCIPITÉES DANS NOTRE PAYS ONT UNE CHOSE EN COMMUN : ELLES POSSÈDENT UNE SORTE DE POUVOIR QUI NOUS FASCINE...
DU MOINS, C'EST CE QU'ON RACONTE !
ENFIN... SI C'EST LA VÉRITÉ, NORMAL QUE NOUS SOYONS COMME ENVOÛTÉS PAR ALICE, TOUS AUTANT QUE NOUS SOMMES !

MAIS SAIS-TU, HORLOGER ...
QUE C'EST TRÈS IMPRUDENT DE LA LAISSER RESTER PRÈS DE TOI ?
TU MANIPULES DES OBJETS PROCHES DE LA RÉALITÉ...
POUR ELLE, TU ES ENCORE PLUS DANGE-REUX QUE MOI QUI SUIS DE LA MAFIA !

PAR CONSÉQUENT IL N'EST PAS BON QU'ELLE LOGE ICI...
ME LA CÉDER SERAIT UNE SAGE DÉCISION, TU NE CROIS PAS ?
JE SUIS CONSCIENT ...
QUE JE POURRAIS LA BLESSER...
MAIS...
LES GENS D'ICI SORTENT TOUJOURS LEURS ARMES DE NULLE PART, COMME PAR MAGIE...
MAIS MOI, J'ADMIRE MILLE FOIS PLUS TON TALENT D'ILLUSIONNISTE QUE LEURS PETITS TOURS DE PASSE-PASSE QUI NE SERVENT QUE LA VIOLENCE !

JE REFUSE !
C'EST À ELLE DE CHOISIR OÙ ELLE VEUT HABITER...
MÊME SI ELLE RISQUE DE DÉCOUVRIR LA VÉRITÉ ...
ELLE A DÉCIDÉ DE DEMEURER ICI, ET JE RESPECTE SA VOLONTÉ !

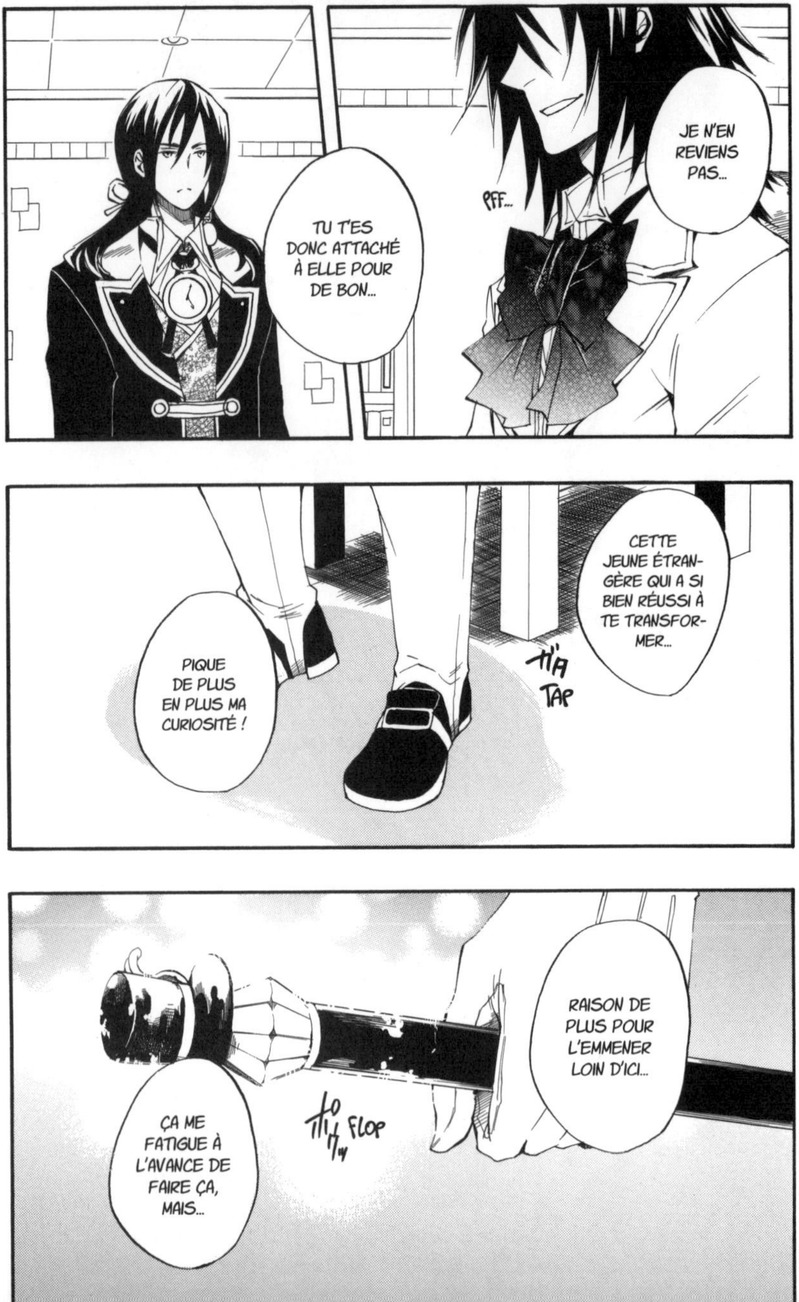
JE N'EN REVIENS PAS...
PFF...
TU T'ES DONC ATTACHÉ À ELLE POUR DE BON...
CETTE JEUNE ÉTRANGÈRE QUI A SI BIEN RÉUSSI À TE TRANSFORMER...
TAP
PIQUE DE PLUS EN PLUS MA CURIOSITÉ !
RAISON DE PLUS POUR L'EMMENER LOIN D'ICI...
FLOP
ÇA ME FATIGUE À L'AVANCE DE FAIRE ÇA, MAIS...

CLAC
SI TU N'ES PLUS LÀ, ALICE S'EN IRA D'ELLE-MÊME...
TA TA TA TA TA

TAC
FLOP
SHHH
INUTILE...
TU TE DÉBATS EN VAIN !

…
CLAC
ガチャ

CLING
TSS...

VOUM
TOC
CLAC
TU M'AS FAIT MAL, CHAPELIER ...
JE CROYAIS QU'ON ÉTAIT EN TERRITOIRE NEUTRE, ICI !
HAN
POURQUOI A-T-IL FALLU QUE TU T'IN-TERPOSES...
CHEVALIER DE CŒUR ?

CE MASQU ...
JE COMPRENDS MIEUX...
JE NE VAIS PAS T'AFFRONTER SEUL ALORS QUE MÊME ELLIOT N'A RIEN PU FAIRE CONTRE TOI !
SHH
シュー
JE REVIENDRAI ...
AU FAIT...

J'AI RENVERSÉ TES MONTRES PAR INADVERTANCE, TOUT À L'HEURE...
SI CERTAINES D'ENTRE ELLES SONT IRRÉPARABLES, EST-CE QUE ÇA FERA DE MOI UN CRIMINEL ?
JE COMPTE SUR TOI POUR ME TENIR AU COURANT !
バタン
BLAM

AUCUN DÉGÂT QUE JE NE PUISSE RÉPARER...
PFF...
CET HOMME EST INSUPPORTABLE !
IL FAIT N'IMPORTE QUOI...
IL TE MENACE AVEC UNE ARME EN TERRAIN NEUTRE, IL MANQUE DE DÉTRUIRE TES MONTRES...
JE NE ME DOUTAIS PAS QU'IL ÉTAIT AUSSI STUPIDE !
IL VOULAIT EMMENER ALICE DANS SON MANOIR...
ALICE...

MÊME SI ELLE REFUSE, IL EST BIEN CAPABLE DE LA FORCER...
JE VAIS LUI DIRE DE SE MÉFIER DE LUI !
OUI...
IL FAUT FAIRE ATTENTION !
TOUT LE MONDE ADORE ALICE, ICI...
À suivre...

Titre original :
HEART NO KUNI NO ALICE - Wonderful Wonder World, vol. 3

First published in Japan in 2009 by MAG Garden Corporation
French translation rights arranged with MAG Garden Corporation
through Tuttle-Mori Agency, Inc, Tokyo

Édition française

Traduction :
Fédoua Lamodière

Adaptation graphique :
Clair Obscur

ISBN : 978-2-35592-198-8
Dépôt légal : septembre 2010
Achevé d'imprimer en France en novembre 2012 par Herissey (Eure)